Chère Bertille
à bord du Redoutable

*11, rue de Sèvres, Paris 6e*
Loi n° 49.956 du 16 juillet 1949 sur les publications
destinées à la jeunesse : août 2019
Dépôt légal : août 2019
Imprimé en France par Estimprim à Autechaux

ISBN 978-2-211-30446-7

Clémentine Mélois

Chère Bertille

à bord du Redoutable

Illustrations de Rudy Spiessert

Mouche
l'école des loisirs

Exposé de Bertille
classe de CM2 de M. Fagot

LES FONDS

Du corail

I/ Présentation

La Terre est en grande partie recouverte d'eau salée (comme des larmes). C'est pour ça qu'on l'appelle aussi « la planète bleue », parce que de loin, toute cette eau, ça fait beaucoup de bleu.
Je pense que si la Terre était recouverte en majorité de gazon on l'appellerait sûrement « la planète verte »).
Cette eau salée constitue les mers et les océans. Il y a en tout cinq océans et il y a aussi beaucoup de mers mais moi je ne connais que la mer Méditerranée, parce que je suis allée en vacances là-bas l'année dernière (à Fréjus) chez ma tante avec mes cousins.

II/ Les fonds sous-marins

Sous la surface des mers et les océans, on trouve beaucoup de choses, comme des épaves de bateaux qui contiennent peut-être des trésors, l'Atlantide qui est une cité mythique engloutie,

Un oursin

SOUS-MARINS

des baleines à bosse, des hérissons de mer, des requins-marteaux, mais aussi des créatures géantes, comme par exemple LE CALAMAR GÉANT. Le calamar géant est un mollusque géant qui peut mesurer la taille d'une maison. Un œil de calamar géant ressemble à un ballon de football (j'en ai vu un en photo une fois).

III/ Voyage sous les mers

Il est possible de voyager sous les mers, même quand on ne sait pas respirer sous l'eau. Il suffit d'avoir un sous-marin.

D'ailleurs, pour les prochaines vacances d'été je voudrais partir en exploration sous-marine. Comme je ne sais pas trop comment faire toute seule, je vais écrire à un spécialiste du monde de la mer pour lui demander de m'aider.

Le calamar géant

8/10 Un bon exposé, attention de ne pas te laisser emporter par ton imagination

BATHYSCAPHE ARCHIMÈDE
0,30
RF
RECORD DE PLONGÉE
9200 m
POSTES 1963
LES MOLLUSQUES
SÉNÉGAL
RÉPUBLIQUE FRANÇAISE
0,70
LE REDOUTABLE

Jeudi 3 janvier 

Cher Jean-Marc Beubar,

Je m'appelle Bertille, j'ai dix ans et je vous écris car je voudrais bien partir en voyage sous les mers, AU CŒUR DES ABYSSES, pour les prochaines vacances d'été.
J'imagine que vous devez être très occupé, mais est-ce que vous voudriez bien m'aider quand même ?
Vous êtes le plus grand spécialiste du monde de la mer que je connaisse après le commandant Cousteau, mais comme il est mort en 1997,

je me suis dit que j'allais plutôt vous demander à vous.
(J'ai vu votre film *Le Grand Bleu*, où vous allez sous l'eau en retenant votre respiration, vous êtes vraiment très très fort. Moi je n'arrive même pas à garder les yeux ouverts à la piscine, ça me pique, après je ressemble à un lapin qui a la myxomatose, c'est la maladie des lapins qui ont les yeux rouges, je ne sais pas si vous connaissez.)
Enfin bref. Mon meilleur copain Younès (qui est très bricoleur soit dit en passant) va construire un sous-marin.

On lui a déjà trouvé un nom, il va s'appeler LE REDOUTABLE (mais si le nom ne vous plaît pas, on peut encore changer, nous on aime bien mais ça peut être un nom provisoire). On partira du Port-aux-Perches, sur le canal de l'Ourcq, et ensuite on n'aura plus qu'à remonter les canaux et les rivières jusqu'à l'océan (j'ai fait des photocopies du cours de géographie pour savoir par où aller). Le problème, c'est que mes parents ne veulent pas du tout que je parte toute seule, ils disent que c'est trop dangereux (à les entendre, tout ce que je fais est dangereux, de toute façon. Même lécher mon couteau quand il y a de la confiture dessus, alors qu'en vrai, les couteaux qu'on a sont tout lisses, enfin bref).

En plus Younès ne peut pas venir, vu qu'il est claustrophobe (c'est quand on se sent mal dans les endroits serrés, et un sous-marin c'est ce qu'il y a de pire parce que si on ouvrait les fenêtres, il y aurait de l'eau qui rentre et on coulerait, donc on ne peut pas aérer du tout).

Du coup, est-ce que vous voudriez bien venir avec moi ?

Je vous rassure, c'est un projet scientifique, mais une fois sur place on aura quand même le droit de se promener en plus de prendre des notes. Il faut que ça reste des vacances.

Je vous écris très en avance pour être sûre que vous n'ayez pas déjà prévu

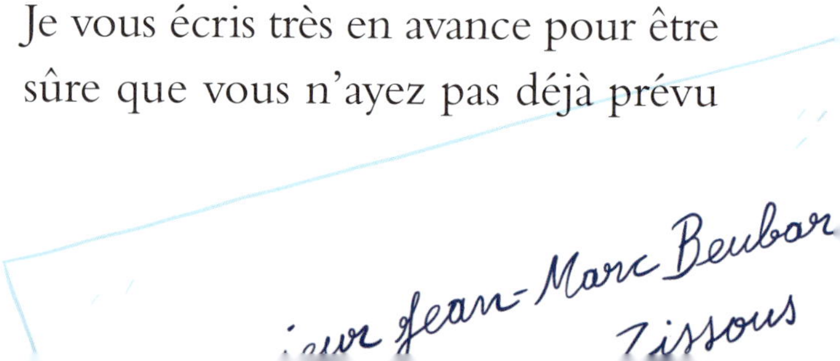

quelque chose de votre côté pour cet été, mais vous n'êtes pas obligé de répondre tout de suite, on n'est pas pressés, si vous ne répondez que la semaine prochaine on sera encore largement dans les temps.
Merci d'avance pour votre aide,
À bientôt j'espère,
Bertille

PS : Est-ce que quand vous me répondrez, vous pourrez aussi mettre dans l'enveloppe une photo dédicacée pour ma mère qui s'appelle Michèle avec un seul « l », et une pour ma tante Jacqueline, si ça ne vous dérange pas ? Elles ont vu tous vos films au moins 350 fois et elles vous adorent.

PPS : Merci beaucoup !!

Lundi 14 janvier 

Chère Mademoiselle,

Monsieur Jean-Marc Beubar vous remercie de l'intérêt que vous portez à son travail.
Un trop grand nombre de courriers l'empêche malheureusement de donner à chacun la réponse personnalisée qu'il mériterait.
Ne doutez pas, chère Mademoiselle, de tout l'intérêt que monsieur Jean-Marc Beubar porte à ses nombreux admirateurs et recevez l'expression de ses salutations amicales et cinématographiques,

Évelyne Lomenech
Secrétaire particulière de monsieur
JEAN-MARC BEUBAR

Jeudi 17 janvier 

Bonjour Bertille,

Moi c'est Martha, la fille de Jean-Marc Beubar.
Je suis tombée par hasard sur ta lettre en fouillant dans la corbeille à papier pour trouver des feuilles de brouillon. Ton projet m'a tout de suite intéressée.
Moi j'ai neuf ans et je ne trouve jamais personne avec qui parler de choses intéressantes. Je voudrais bien venir en voyage sous les mers avec toi. Est-ce que tu serais d'accord ?
Je demanderai à mon père de venir

aussi (moi je ne suis pas claustrophobe et lui non plus).

Si tu veux je pourrai prendre des notes pour t'aider dans tes recherches scientifiques. J'aime bien écrire. Je ne fais pratiquement jamais de fautes, sauf quand les mots sont vraiment compliqués, comme « intergouvernementalisation » ou « affabulation », ou « prophylactique », mais on n'aura qu'à pas utiliser ceux-là et ça ira.

De toute façon, c'est déjà prévu que je passe un mois avec mon père cet été, comme à chaque grandes vacances (le reste du temps j'habite chez ma mère).

Donc si tu veux bien, je lui demande.

Au revoir,
Martha

PS : Moi j'aime bien le nom que vous avez trouvé pour le sous-marin.
PPS : En plus, pour Noël, j'ai eu des palmes et un microscope, je pourrai les emmener.
PPPS : En ce moment mon père est en tournage, alors je ne pourrai pas lui demander tout de suite.

Jeudi 24 janvier 

Bonjour Martha !!!

Quand j'ai reçu ta lettre, ça m'a fait tellement plaisir que j'ai cru que c'était une blague de Younès. Sauf que je n'ai pas reconnu son écriture, lui il dessine ses lettres un peu comme des petits pâtés (il dit que c'est parce qu'il est gaucher).

Donc, MERCI de m'avoir écrit !!!

Je suis complètement d'accord et TRÈS contente que tu viennes avec moi en voyage à bord du REDOUTABLE (nom provisoire). Si ça te va, le départ est prévu le

15 juin, c'est le jour de mon anniversaire. Ça laisse largement le temps à Younès de terminer le sous-marin. Au début, mon idée c'était de partir à la recherche de l'ATLANTIDE, c'est une cité mythique engloutie, mais mythique ça veut dire qu'on n'est pas sûrs qu'elle existe, donc si on tombe dessus par hasard c'est bien, mais sinon ça fera un beau voyage de toute façon.

On pourra étudier les créatures des profondeurs, comme par exemple LES CALAMARS GÉANTS (il paraît qu'il y en a qui ont la taille d'une maison, j'ai très hâte de voir ça même si en vrai ça doit faire un peu peur).

J'ai ajouté tes palmes et ton microscope à la liste des choses qui pourraient nous être utiles pour le voyage.

Bon, je te laisse.
À bientôt alors !
Gros bisous !

Bertille

PS : Une amie vulcanologue m'a appris que le secret d'une expédition scientifique réussie, c'est qu'il faut avoir de bonnes chaussettes et des bouteilles d'eau. Est-ce que tu as de bonnes chaussettes ? Sinon, est-ce que tu crois que tes parents voudront bien t'en acheter ? Au pire,

je pourrai toujours t'en prêter, j'en ai plusieurs paires.
PPS : Des bouteilles d'eau, j'en ai déjà récupéré soixante-treize depuis l'année dernière, je pense que ça devrait suffire.
PPPS : Au fait, est-ce que tu voudrais bien redemander à ton père une photo dédicacée pour ma mère et une pour ma tante ? Ma mère s'appelle Michèle avec un seul « l » et ma tante s'appelle Jacqueline. Elles ont vu tous ses films au moins 350 fois. J'avais demandé dans mon premier courrier, mais je crois que madame Lomenech a dû oublier. Merci beaucoup !!
PPPPS : ça va être SUPER !

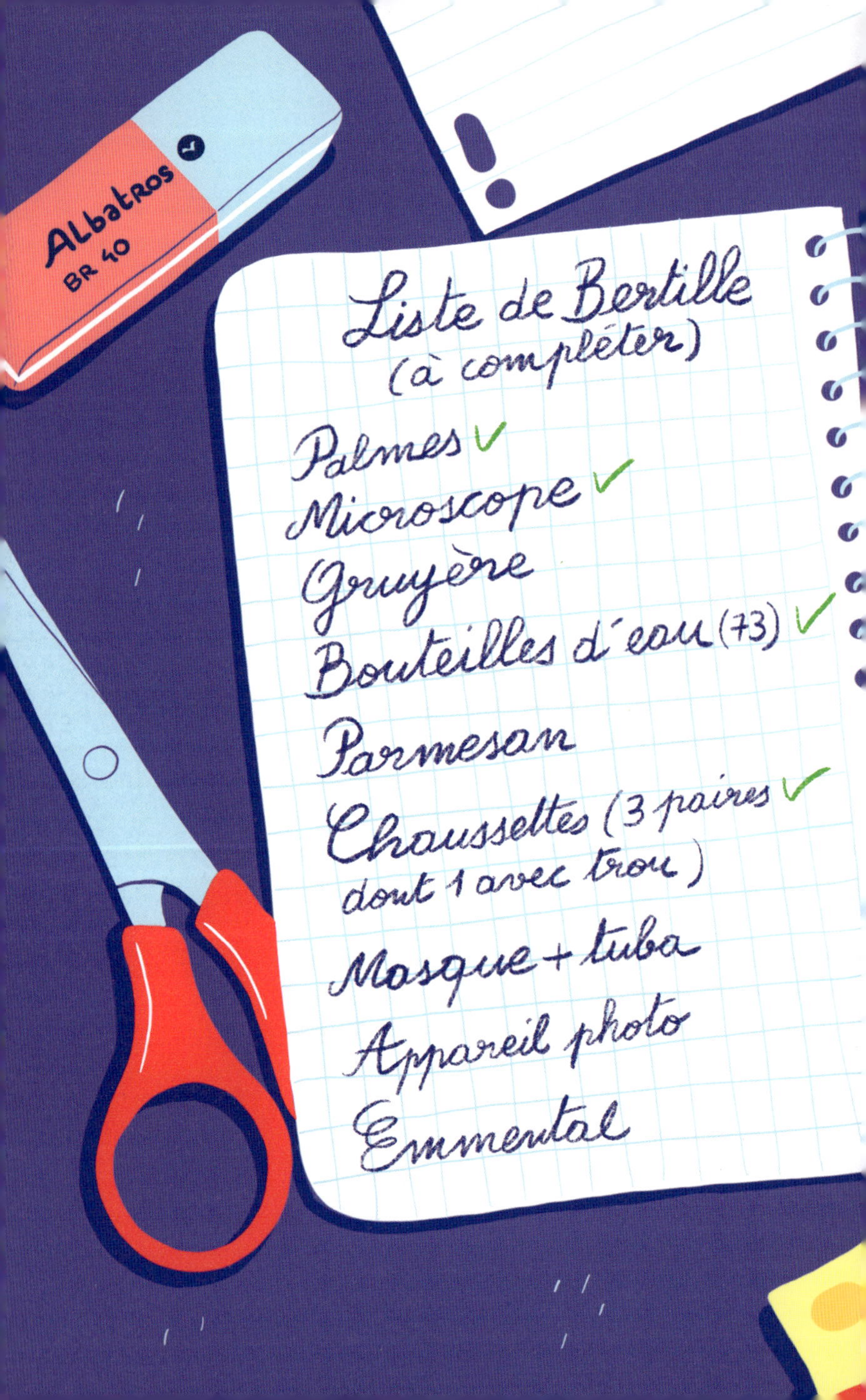
ALbatros
BR 40
Liste de Bertille
(à compléter)
Palmes ✓
Microscope ✓
Gruyère
Bouteilles d'eau (13) ✓
Parmesan
Chaussettes (3 paires ✓
dont 1 avec trou)
Masque + tuba
Appareil photo
Emmental

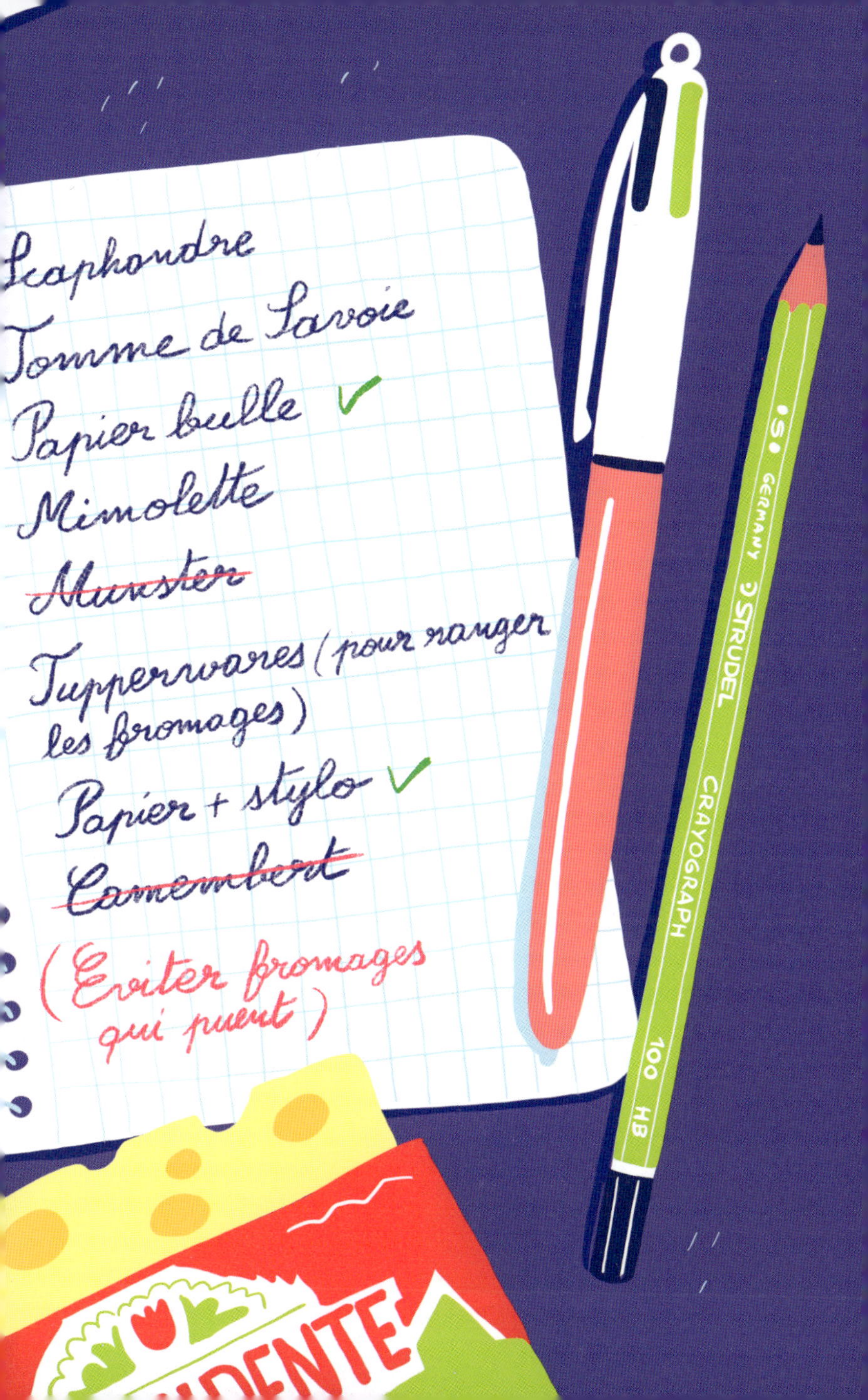
Scaphandre
Tomme de Savoie
Papier bulle ✓
Mimolette
~~Munster~~
Tupperwares (pour ranger les fromages)
Papier + stylo ✓
~~Camembert~~
(Eviter fromages qui puent)
GERMANY
STRUDEL
CRAYOGRAPH
100 HB
DENTE

Exposé de sciences de Bertille
classe de CM2
de M. Fagot

LA GRANDE DES RIVIÈRES

I/ Présentation

Les rivières se jettent dans les fleuves qui se jettent dans les mers.
Les rivières et les fleuves sont fabriqués par la nature, alors qu'un canal est creusé par des gens (comme le canal de l'Ourcq, qui est à côté de chez moi), ce qui doit être un sacré travail parce que l'été dernier j'ai voulu creuser un trou dans le sable (à Fréjus) et ça m'a pris au moins une heure et après j'avais une énorme ampoule au pouce.

II/ Le mystère de l'eau salée

Les mers et les océans sont constitués d'eau salée (comme des larmes), parce que pendant le voyage, le sel contenu dans la terre a fondu et est allé dans l'eau.
Ça doit vouloir dire

Le canal de l'Ourcq

AVENTURE
ET DES FLEUVES

que la terre est salée, mais je ne suis pas sûre parce que pour vérifier il faudrait manger de la terre et je n'ai pas trop envie (ou alors il faudrait demander à un ver de terre, eux ils en mangent).

III/ Le mystère des fonds sous-marins

Sous la surface des mers et les océans, on trouve beaucoup de choses comme par exemple des calamars géants, un mollusque géant qui peut mesurer la taille d'une maison.

8/10 Un bon exposé, attention de ne pas te laisser emporter par ton imagination

Samedi 9 février 

Salut salut Bertiche,

ALARME GÉNÉRALE, attends un peu que je te raconte, tu ne devineras jamais ce qui est arrivé. J'en suis encore tout retourné, c'est la stupéfliction totale (sans vouloir jouer les inquiétants).
L'ATELIER A ÉTÉ CAMBRIOLÉ CETTE NUIT.
Les plans du REDOUTABLE ont disparu et aussi tous les hublots de machine à laver que j'avais récupérés pour faire les fenêtres.
D'ailleurs, soit dit en passant et entre

SPLU
RICOTS
DENTIFRICE

parenthèses, ça avait été un sacré boulot d'en trouver six presque de la même taille. J'ai un peu beaucoup les boules, mais enfin c'est la vie.

J'avoue, j'ai un peu eu les genoux qui ont joué du flageolet quand j'ai vu ça.

C'est tout c'est tout pour les grandes nouvelles.

À plus dans le bus, à bientôt dans le métro, à demain dans le train,

Younès, en direct de l'atelier

Lundi 11 février 

Olalaaaaaaaa, mais c'est terrible !! Ça va quand même ??
Comment on va faire si les plans ont disparu ??? Tu ne peux plus construire LE REDOUTABLE ?
Tu crois que je ne pourrai pas aller voir les calamars géants ?
Donne-moi vite des nouvelles.
Bisous, Younès Peau-des-fesses,

Bertille

PS : J'espère au moins que les voleurs n'ont pas mis trop de bazar dans ton atelier, vu comme il est bien rangé d'habitude, hihihi !

Mardi 12 février 

Salut salut la Bertouille,

Pas de panique, t'inquiète t'inquiète. Le plan du sous-marin est gravé là, ici, dans ma tête. J'ai dessiné un double et même carrément un triple, par sécurité.

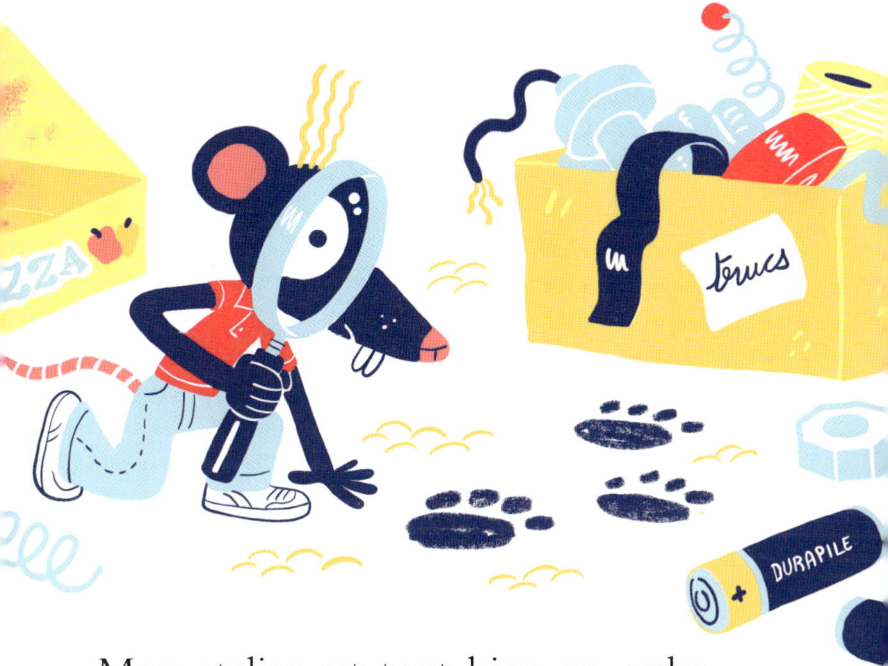

Mon atelier est tout bien en ordre comme d'habitude, impec, nickel chromé. Les voleurs n'ont pas rajouté de bazar, sauf que ces gros dégoûtants ont laissé des empreintes de pattes de chien partout, du coup je me dis que le voleur est peut-être un chien, si ça se trouve. Ou alors quelqu'un de très malin qui se serait déguisé en chien.

Sinon sinon, franchement j'ai eu archichaud au derrière et ça aurait pu être pire. Ces gros jambons sont passés à côté de ma super-turbo-turbine à frangipane et ils ne l'ont même pas volée ! (Tu sais, c'est ma machine pour détecter les fèves dans les galettes des Rois, elle est pratiquement presque au point.)
Il n'y a que le sous-marin qui avait l'air de les intéresser, ces vieilles chaussettes pourrites. Je suis sûr qu'ils sentent mauvais de la bouche, ces tas de betteraves qui puent, ces vieilles peaux de patate en carton fourrées au pâté, ces cacas mous, ces omelettes baveuses, ces gros trous de nez.

Mais t'inquiète, la Bertouche, s'ils reviennent avec leurs grosses pattes, ils seront capturés dans le piège que je suis en train de fabriquer. MAIS SURPRISE, je ne te dis plus rien, tu verras ça quand ce sera fini, à mon avis tu ne vas pas en revenir.
Bon allez, il faut que je retourne boulonner mes boulons au lieu d'écrire des tartines. Salut salut !

Younès

Exposé de sciences de Bertille
classe de CM2 de M. Fagot

LE MYSTÈRE DES

1/ Présentation

Les CALAMARS GÉANTS sont des mollusques géants. Ils sont tellement grands que certains font la taille d'une maison. Leurs yeux ressemblent à des ballons de football.

Les mollusques sont mous, d'ailleurs je trouve que le mot « mollusque » est mou et que le mot « gluant » est gluant. Je ne sais pas si les calamars géants sont mous et gluants, parce que je n'en ai encore jamais vu en vrai et encore moins touché.

Oeil de calamar géant →

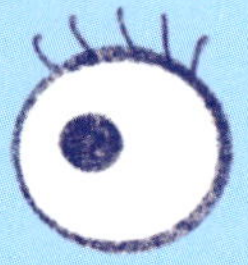

← Ballon de football

CALAMARS GÉANTS

Autres exemples de mollusques : les escargots (beurk), les moules (beurk beurk), les huîtres (beurk beurk beurk)

II/ Où les trouver

Les calamars géants se trouvent dans les fonds sous-marins. D'ailleurs cet été je vais aller les voir et peut-être que je pourrai les prendre en photo et peut-être aussi que je pourrai vérifier s'ils sont mous et gluants ou pas.

L'huître

8/10 Un bon exposé, attention de ne pas te laisser emporter par ton imagination

Vendredi 15 février

Chère Mademoiselle Bertille,

Je me présente, Thierry Waddington, journaliste pour *Passion Région*. Vous vous souvenez peut-être de moi, j'ai eu le plaisir de vous interviewer à l'occasion de vos deux derniers départs en voyage.
Je vous écris aujourd'hui pour une tout autre affaire. Ce que je vais vous révéler est un secret d'État de la plus haute importance, aussi je compte sur votre absolue et totale discrétion.
Votre camarade Younès m'a informé

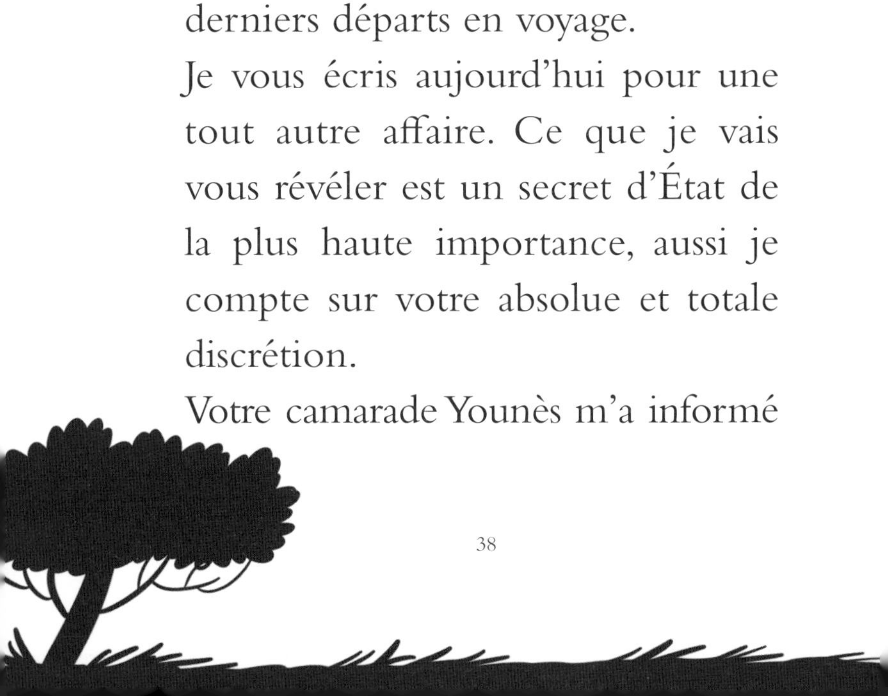

du cambriolage dont il a été victime et m'a fait part de votre projet d'expédition sous-marine.
Je pense que vous détenez sans le savoir des informations cruciales qui pourraient me permettre de mettre la main sur le terrible gang des FRÈRES DE LA CÔTE !
Il se trouve que je mène depuis plusieurs semaines une enquête sur ces dangereux contrebandiers. J'ai ainsi découvert que leur cache secrète se trouve au Port-aux-Perches, sur le canal de l'Ourcq. C'est sans doute pour éviter que vous ne la découvriez qu'ils ont voulu vous mettre des bâtons dans les roues (enfin, les sous-marins n'ont pas de roues, mais c'est

une façon de parler, j'espère que vous me suivez).
Avec votre aide et celle de votre camarade Younès, nous pourrions démasquer ces dangereux malfrats ! Quel article sensationnel pour *Passion Région* ! (Sans compter le service rendu à la justice, évidemment.)

La grande question est : QUI était au courant de votre expédition ? QUI savait que le départ devait se faire du Port-aux-Perches ? Ah, en fait ça fait deux questions. Une fois que nous y aurons répondu, nous pourrons enfin mettre un nom sur le chef du gang des FRÈRES DE LA CÔTE !

En attendant, Younès est en train de mettre au point un ingénieux et complexe système qui devrait nous permettre de capturer une partie de la bande (« ces jambons » comme il les appelle), dont ce présumé gros chien qui a laissé des empreintes partout.

Merci d'avance pour votre aide,

chère Mademoiselle Bertille, et surtout, pas un mot de tout cela à qui que ce soit, je compte sur vous.

Cordialement,
T. Waddington

Rédacteur,
Passion Région

Lundi 18 février 

Bonjour Martha,

Comment ça va ? Moi ça va, à part qu'il n'arrête pas de se passer des choses complètement incroyables, je te raconte mais en vrai c'est un SECRET D'ÉTAT très important donc il ne faut en parler à personne du tout.

L'autre jour, l'atelier de Younès a carrément été CAMBRIOLÉ !!! Les voleurs ont laissé des empreintes de pattes de chien partout, ils ont pris les plans du REDOUTABLE et tous les hublots de machine à laver qui devaient servir de fenêtre

(en fait ça n'aurait pas été des vraies fenêtres, vu qu'on n'aurait pas pu les ouvrir, parce que sinon de l'eau serait rentrée dans le sous-marin. Ça aurait juste servi pour voir dehors).
Alors du coup, Younès a raconté ça à un journaliste qui justement était en train d'enquêter sur un groupe de méchants qui font de la contrebande et qui s'appellent LES FRÈRES DE LA CÔTE.
Le journaliste m'a dit que les Frères de la côte étaient au courant qu'on devait partir du Port-aux-Perches, et comme c'est là qu'ils cachent leur butin, ils ont voulu nous empêcher de construire notre sous-marin !!
Tu te rends compte ! Franchement,

si je lisais ça dans un livre je trouverais que l'écrivain invente n'importe quoi (ou alors qu'il est resté trop longtemps la tête en bas, des fois ça fait ça, le sang remonte, on est tout rouge et on a la tête qui tourne), sauf que là c'est arrivé POUR DE VRAI, donc c'est encore plus fou.

MAIS ALORS LE TRUC, et c'est pour ça que je t'écris en plus de te donner des nouvelles, c'est que les SEULES personnes qui étaient au courant qu'on devait partir du Port-aux-Perches, c'est madame Lomenech et toi (vu que ton père est encore en tournage et n'a pas pu lire ma lettre).

Ça ne peut pas être toi la chef des

contrebandiers, jamais tu n'aurais volé les hublots, puisque tu devais partir aussi… DONC, c'est forcément MADAME LOMENECH !!
C'est de plus en plus fou ce qui arrive, je n'en reviens pas, il se passe des trucs de gangsters comme dans les films et tout. Si ça se trouve, c'est DANGEREUX (je veux dire plus dangereux que de lécher un couteau tout lisse parce qu'il y a de la confiture dessus, tu vois ?).
OLALA !!!
Bon alors je te laisse, je te raconterai.
Bisous

Bertille

PS : Depuis le début je la trouvais louche, madame Lomenech, elle a jeté ma lettre dans la corbeille à papier et elle ne m'a même pas envoyé de photo dédicacée.

UN FORMIDABLE COUP DE FILET

Un article de P. Martin - Photos A. Linotte

Un formidable coup de filet a eu lieu hier dans l'après-midi au Port-aux-Perches, sur le Canal de l'Ourcq. La police a enfin pu arrêter les dangereux contrebandiers connus sous le nom des « Frères de la côte ».

C'est dans la nuit de mardi à mercredi que le jeune Younès est parvenu à capturer deux des membres du groupe à l'aide de sa très audacieuse invention (voir photo). *« On les a eus, ces gros jambons ! »* nous a confié le jeune homme.

Un piège audacieux.

Par la suite, grâce aux informations fournies par notre collaborateur Thierry Waddington, assisté de la jeune Bertille, la chef du gang a finalement pu être interpellée au moment où elle prenait la fuite munie d'une perruque : il s'agit d'Évelyne Lomenech, une redoutable contrebandière multirécidiviste bien connue des autorités.

Une cargaison record de cinq tonnes de chocolat et de noix de coco de contrebande a été saisie. Elle devait servir à alimenter illégalement le marché de la barre chocolatée en Europe. Aussitôt prévenu, le ministre de la Justice, du travail et des sports s'est rendu sur les lieux de l'arrestation

Long John et Chien Noir, deux dangereux malfrats enfin sous les verrous.

Le cerveau du groupe.

en compagnie de nombreux journalistes.
Le ministre a remis le prix Sulitzer du meilleur journaliste à notre collaborateur Thierry Waddington pour son travail d'enquêteur. Les jeunes Younès et Bertille ont quant à eux reçu une médaille d'honneur pour services rendus à la patrie.
« Grâce à votre engagement citoyen, l'esprit républicain de l'espoir souffle et soufflera sur notre nation », a conclu le ministre lors de sa très émouvante allocution d'une heure et demie.

Un prix bien mérité pour notre collaborateur Thierry Waddington.

> Notre collaborateur Thierry Waddington (prix Sulitzer du meilleur journaliste) dédicacera son livre *Au cœur de tous les dangers, dans les coulisses du crime* à la Maison des jeunes et de la culture de Milon, le samedi 9 mars à partir de 18 h 00.

FILM: LAISSE AUTAN
LE VENT TOUT
EMPORTER

Mercredi 10 avril 

Chère Bertille,

Pardonne-moi de t'écrire si tard. Nous avons rencontré quelques soucis techniques pendant le tournage du film (un éléphant s'est assis sur la caméra et des inondations ont emporté une partie du décor) et je ne rentrerai que dans quelques jours.
Ma petite Martha ne parle que de toi, on dirait bien que tu es devenue son idole !
J'ai évidemment suivi à distance tout ce qui vous est arrivé. Je n'en reviens

toujours pas! Jamais je n'aurais soupçonné madame Lomenech... elle avait l'air si sérieux!

En ce qui concerne ton grand projet de voyage sous les mers, voilà ce que je te propose: cet été, j'ai prévu de louer un grand voilier. Bien sûr, cela ne vaut pas une expédition au cœur des abysses pour étudier les calamars géants, mais si tu veux et si tes parents sont d'accord, tu pourrais nous accompagner. Younès pourrait venir aussi (à condition qu'il accepte de ne rien bricoler à bord).

Qu'en dis-tu?

Il faut tout de même que je te détrompe sur un point: je n'ai vraiment rien des connaissances du commandant Cousteau en matière de milieu aquatique. Le fait que j'interprète un personnage de plongeur nc signifie pas que je suis moi-même plongeur… c'est le principe du métier d'acteur !

Je peux te donner des conseils sur la réalisation de films, sur la direction d'acteurs, sur la façon de cuire les pâtes italiennes. Je pourrais aussi te parler pendant des heures de mes livres préférés, quand j'avais ton âge… Mais je n'y connais hélas pas grand-chose en monde sous-marin. Si cela ne te déçoit pas trop, je serais heureux que tu nous accompagnes en vacances cet été. Cela ferait très plaisir à ma petite Martha, qui est si

heureuse d'avoir enfin trouvé une amie aussi imaginative qu'elle.
Je t'embrasse, à bientôt j'espère,

Jean-Marc

PS : Ci-joint les deux photographies dédicacées que tu m'as demandées.
PPS : Martha me dit de t'écrire que j'étais d'accord pour lui acheter de bonnes chaussettes. Je ne sais pas du tout ce que ça veut dire, mais elle me dit que tu comprendras.

Mercredi 17 juillet 

Chère tata Jacqueline,

Comment ça va ? Moi ça va SUPER. Le bateau, c'est trop bien, j'adore complètement. Et tu sais, en fait c'est beaucoup mieux qu'un sous-marin, parce qu'on peut ouvrir les fenêtres sans qu'il y ait de l'eau qui rentre, sauf s'il pleut (mais s'il pleut on n'ouvre pas les fenêtres, donc ça va). De toute façon, pour le moment il a fait beau tous les jours et je n'ai même pas le mal de mer.

En plus, Jean-Marc Beubar est trop gentil, il nous fait des pâtes trop bonnes tous les jours, avec du gruyère dedans, et avec Martha et Younès on a décidé qu'on était des pirates-explorateurs et j'ai pris un coup de soleil dans le dos mais sinon ça va. Et toi, ça va? Jean-Marc Beubar m'a dit qu'il cherchait un nouvel assistant, j'ai pensé que ça t'intéresserait, vu que tu as vu tous ses films au moins 350 fois et que tu l'adores, mais après je me suis souvenue que tu es institutrice donc peut-être que tu ne peux pas à la fois être institutrice et

à la fois être l'assistante de Jean-Marc Beubar, mais enfin je te le dis quand même au cas où ça t'intéresserait.

Oh et tu ne sais pas quoi ! L'autre jour j'ai mangé des beignets de calamar ! C'est comme des beignets, sauf qu'il y a du calamar dedans, c'est blanc et bizarre et ça sent le poisson mais surtout ça sent le gras, j'ai bien aimé. Je me demande combien de beignets on pourrait faire avec un calamar géant, peut-être 350 000, ou 1 000 000, ou 460.

De toute façon je n'ai plus trop envie d'aller sous les mers, c'est trop compliqué. Je préfère faire du bateau. J'ai calculé que si on allait tout droit pendant des jours et des jours et des jours, on arriverait au PÔLE NORD, tu te rends compte ? Bon mais malheureusement on ne peut pas, parce qu'il faut qu'on soit revenus à temps pour la rentrée, et puis Jean-Marc Beubar doit retourner sur son tournage de film, et Younès doit finir son détecteur de fève dans les galettes ou je ne sais pas quoi. En plus il faudrait des doudounes et des chaussettes, et on n'en a pas. Mais peut-être qu'un jour j'irai au pôle Nord, on ne sait jamais. Bon alors je te laisse, parce que c'est l'heure de manger.

Gros bisous tata, à bientôt !!

Bertille

Des mêmes auteurs à *l'école des loisirs*

Collection Mouche

Chère Bertille et la Lune en gruyère
Chère Bertille au centre de la Terre

Collection Album

Les chiens pirates : Adieu côtelettes !